KB130975

청어詩人選 433

# 떠나는 바람

강혜지 시집

청어 도서출판

# 떠나는 바람

강혜지 시집

# 헌사

## 아름다운 언어, 독자들의 마음속에 뙈리 틀기를

-이완근
(시인·뷰티라이프 편집인 대표)

강혜지 시인은 천상 시인입니다. 천상 소녀입니다. 비가 오는 날이나 바람이 부는 날 또는 눈이라도 오는 날이면 어김없이 전화가 옵니다. "슨상님, 이런 날 한잔하셔야지용." 그랬습니다. 강혜지 시인은 천상 외로운 소녀였습니다. 천상 사람이 그리운 시인이었습니다. 강혜지 시인의 맑은 음성 속에는 그러나 사람에 대한 그리움이 물씬 묻어 있습니다.

그런 강혜지 시인이 어느 날엔가 서울을 훌쩍 떠났습니다. 그러곤 예의 바람 부는 날이나 비가 오는 날, 바람과 돌과 여인의 섬 탐라에서 맑은 목소리로 "슨상님~~"으로 시작하는 안부를 전하곤 했습니다. 처음엔 '팔자 좋다.'고 생각했습니다. 부러운 마음으로 제주에 있는 친구에게 전화를 해 옛 추억을 반추하기도 했습니다. 그러나 강혜지 시인이 제주에 간 것은 건강상의 문제라는 것을 알았을 때, 필자가 해줄 수 있는 말은 제주 바람이 몸에 몹시 좋고 시를 살찌우는데 그만이라는 실없는 소리뿐이었습니다.

강혜지 시인을 처음 만난 때는 어느 문학회 행사였던 것으로 기억합니다. 대학로에서 행사를 마치고 뒤풀이 자리였는데, 마침 필자 옆에 앉아서 적지 않은 대화를 나눌 수 있었습니다. 예쁜 이목구비와는 다르게 좌중의 분위기를 이끌어나가는 솜씨가 보통이 아니었습니다. 자기 시에 대한 자부심도 대단했습니다.

　우리는 그렇게 알게 되었고 몇 번의 술자리를 같이할 수 있었습니다. 주로 글을 쓰는 미용인들의 자리였는데, 강혜지 시인의 시 낭송은 분위기를 한결 고양시켜주었고 품격 있게 했습니다. 필자의 어깨가 드높아진 것도 어쩔 수 없는 사실이었습니다.

　이후로도 우리는 종종 술자리를 함께했지만, 시 이야기는 별로 하지 않았습니다. 전통적인 서정시와 짧은 시를 선호한다는 정도만을 서로 어렴풋이 느낄 뿐이었습니다.

　강혜지 시인은 화가, 공예가들과 친분이 두텁고 교류도 많이 하고 있습니다. 강혜지 시인 자신이 전각에 조예가 깊습니다. 필자가 한국시인협회와 공동으로 '시가 있는 미용실 운동'을 추진했던 시절이 있었습니다. 시가 있는 미용실은 미용실 한쪽 면에 책장을 만들고, 시집 100여 권씩을 비치하도록 하는 일종의 문화 운동이었습니다.

문제는 현판을 다는 일이었습니다. 품위 있게 현판을 하고 싶었으나 비용이 문제였습니다. 필자는 강혜지 시인이 전각을 하고 있다는 사실을 상기하고 문화 운동에 동참하라는 구실을 앞세워 강 시인을 꼬드겼습니다. 그러곤 시가 있는 미용실이 생길 때마다 현판을 실비로 해주겠다는 약속을 강 시인으로부터 받았습니다. 무례한 부탁이었지만 강 시인이 흔쾌히 승낙했으니 지금 생각해도 여간 고마운 일이 아닐 수 없습니다. 시가 있는 미용실 1호점이 강남역 근처의 '박준뷰티랩 강남점'이었는데 오픈식에서 강혜지 시인이 손수 제작한 현판은 빛을 발했습니다.

　장황하게 이런 이야기를 한 것은 강혜지 시인의 순수한 인간성을 말하고자 함입니다. 앞에서도 말했지만 강혜지 시인은 건강이 좋지 못합니다. 그런 와중에도 제주와 서울을 오가며 창작열을 불태우고 있었으니 천상 시인이 아니라고 누가 말할 수 있겠습니까. 더구나 문화예술위원회에서 지원하는 창작지원금까지 받았으니 기뻐하지 않을 수 있으랴!

　시를 향한 애절함과 창작열이 마침내 빛을 발하며 이번 시집을 세상에 내놓으니, 독자의 한 사람으로서 감사할 뿐입니다. 부디 많은 독자에게 이 시집이 전달되어 강혜지 시인의 아름다운 언어가 독자들의 마음속에서 빛나길 바랍니다.

살다 보면 진흙탕에 빠지기도 하고
구비구비 고갯길 숨차게
넘어가다
쉬어가다
개똥도 밟아보고…
늪에 빠져 헤어나지 못해 천지사방 어두운
길에서 방황하다 환한 빛을 발견했을 때
사는 게 그런 거지 하며 아무렇지 않은 듯
떠가는 구름처럼 흘러가는 바람처럼
우린 또다시 인생의 쳇바퀴를 돌리고 있다.

휘은 강혜지

# 차례

## 1부  홀로 품은 빈 가슴

## 3부 어느 봄날의 수채화

# 4부 하얀 들국화

# 1부

## 홀로 품은 빈 가슴

속세에 찌든 몸이
땀만큼 흘린 눈물 탓으로
십 리 반 토막길에
세상사를 떨구고
부질없이 섞어 지낸 날을
훌훌 날려 보내나 보다

# 산골의 봄

산 밑 밭두렁에
아낙네들 모여 봄을 캐기 바쁘고
초벌 쟁기 뺀 논배미에
白鷺 한 쌍이 사랑을 나누고

산에는 진달래 흐드러지고
산골 꼬마들 몰려와 옹아리들
실개천 흘러내린 웅덩이에
흰구름 한가로이 春心이 녹아든다

빈집 슬레이트 틀엔
원추리 소담하게 주인을 기다리며
허물어진 외양간 옆 바위틈에
곧 핌직한 산당화 망울져 아직 설다

# 옛 고향

산 깊고 물 맑은 곳
내 고향 사람들
내 집, 네 집 살림인 듯 정이 오가고
들녘에 소달구지 워낭소리 정겹다
들판에 누렇게 익은 보리밭 술렁이면
간난이네 담장 사이 고개 내민 살구 익어가고
버드나무 아래 졸고 있는 강아지
먼발치 걸어오는 주인 발걸음 소리에 꼬릴 흔든다
냇가에서 물장구치던 종선이, 정철이, 인선이는
정자나무 아래 옹기종기 모여앉아
막걸리 한사발에
지난날 고달픈 삶의 이야기꽃을 피운다

# 木蓮

순백의
꽃잎 틔우고도
봄조차 허기진 밤

먼
소식처럼 기별도 없이
허공 한켠에 꽃망울 촘촘히
봄앓이의 신열이 애처롭다

그대 봄마중은
꽃잎마다 춘색인데
봄은 정녕 기척도 없이
웅얼거린 바람소리에 파르르 떨고 있구나

새벽달
차오른 그믐밤
먹구름처럼 물들어 살다가

봄마중
한사코 가난한 땅에
햇살 따스히 내려 안기면
네 봄길의 허기를 채워야지

우뚝 선
월계관를 사푼사푼 내리며
이루지 못한 사랑 그래도 설레었다고
다가올 올 봄에도 그렇게 설레었다고

# 벚꽃길

벚꽃길에서
하늘을 바라본다
속살도 희고 구름도 희고
봄 햇살이 눈부셔 봄날도 희다

벚꽃길에서
커피를 마신다
커피 한잔에 흙냄새 꽃냄새
봄 냄새 가득 채워 마시니
쓴맛 단맛은 다 버리고 향기롭다

벚꽃길에서
나 홀로 노래 부른다
어디서 왔을까 봄바람이
벚꽃을 흔들며 지휘를 하고
새도 나비도 벌도 따라서 합창한다

언제부터였을까
나 사랑한 것이 꽃이 내려와
수줍은 내 볼에 입맞춤할 때
마음은 풍선처럼 떠오르고
난 그대로 주저앉고 말았다

벚꽃길에서
옛 생각에 미소 지으며
꽃을 바라보니 벚꽃이 웃더라
내 안경에 꽃잎 하나 올려놓으니
세상이 모두 벚꽃이 되고
벚꽃길 아래 돌멩이가 나였으면 좋겠다

# 무영탑

이 한 몸 운명을
운명으로 되받으며
가시밭 현실에서 절뚝거려도
의연히 설 수 있게 하소서

풋풋한 억새풀 머리에 두르고
거친 바람을 일으키며
그리움의 소리를 내게 하소서
멀어져 있어도

천 번을 부르고
천 번을 두드리며
당신을 부르겠습니다
흐르는 물이었다 하여도
나, 그대 마음속에 머물게 하소서

잠시 스치는 바람이었다 하여도
그대 음성 듣게 하소서
그대 기다리는 세월
내 마음이 다 알지 못한다 하여도
그때의 눈빛 내 눈에 담아두게 하소서

찬란한 빛이었다 하여도
속절없는 눈물이었다 하여도
그림자 없는 탑이 되어
내 가슴에 담아두게 하소서

# 봄날 서정

세월의 무정을
말해서 무엇 하리오
뜬금없는 꽃샘추위에
오던 봄도 화들짝
터뜨린 꽃망울 어찌할 줄 몰라
허둥대는 세월
꽃샘추위야
막무가내로 밀어붙이는 봄날
바람도 숨죽이고
햇볕도 윤기를 더해
싱그러움 돋고 솟아
게워놓은 생명의 맥박들
어둠이 묻기 전
칙칙한 모든 것 털어버리고
자유의 나래로 저 하늘을 맘껏 수놓아
여유와 넉넉함으로
한줌 바람으로 흐르고파

# 봄길을 걸어가고 있다

어제도 지난해도
봄날이 포옹하는 까닭으로
봄꽃이 네 가슴에 다시 피면
사랑은 너를 이끌고
여름을 향해 뛰어갈 것이다

왜 떠나야 했느냐고
뒤돌아본 눈길은
겨울을 이겨내지 못한 잎줄기로
세상이 너무 변해 있을 뿐

사랑만으로도 아름다운 젊음은
잃어버린 너를 깊게 어루만지고 있다
내 살결처럼

# 바람 부는 날 1

봄바람 흩날리는 흰 꽃가루
혼란스럽게 가슴에 떠다니고
태양을 향해 쭉 뻗은
장대 같은 해바라기 우리 님
담장 넝쿨 휘감아 도는
노란 호박꽃 잎엔 관심조차 없을 진데
겨울 끝에선 소녀 가슴에
또 다시 불어오는 봄바람
봄바람에 흩날리는 고운 꽃잎
잡힐 듯 잡히지 않는 향기에
나를 내버려두니
꽃잎 향기 따라
봄은 떠나고
푸른 잎새 맑은 향기
임의 모습이어라

# 바람 부는 날 2

더디 오는 계절
저편 가파른
구름을 넘어
바람이 분다
잔잔한 바람 따라
풀잎 소리
나무 소리
파도 소리
텅 빈 만큼
불어오는 바람 소리
형체도 소리도 없는
바람은
부딪혀 만난 것의
소리만 남기고 간다

# 그리운 어머니

봄볕 가득한 마당엔
먼 산에서 뜯어온 나물들 멍석에
가득 널려있고 개구리 종달새
울어대는 논두렁에 핀 어린 쑥을
캐어 쑥개떡을 빚어주시던 어머니
울타리 넘어 실바람 타고
쑥개떡 향이 가득할 때면
한 바구니 가득 담아 이집 저집
나눠주시며 웃음꽃 피어나고
우물가 수줍게 고개 내민 탐스런
앵두, 어여쁜 내 어머니 입술같이
더욱 빠알갛게 익어가던 봄
초록으로 물든 내 고향 들판
석양 무렵 장관을 이룰 때면
청보리 바람에 일렁이는 사잇길
황금빛 곱게 익어가는 신록의 오월
휘어진 허리 펴고 호미자루
뒷짐 지시며 발걸음을 재촉하신다
굴뚝에 저녁 짓는 연기 피어오르면
멀리 지내는 자식들에 무사를 바라는
늙으신 어머니의 걱정조차 아름다운

내 고향 오월 장밋빛 붉은 사랑
어머니 당신이 그리워
오늘도 난,
고향길 풀섶을 걷고 있습니다

# 울 엄니

두 뺨을 매몰차게 때리고 가는 차가운 바람에
네 얼굴 주름지는 줄 모르고
밭두렁 일구는 호미 쥔 손
대나무 마디가 가득하네
무명천 둘러쓰고
귀한 손님 맞이할 생각하니
입가엔 밝은 햇님이 찾아든다
낡디낡은 봇짐 가득
바리바리 쌓아 놓은 정성이
거칠어진 당신의 손이었던 것을
곱디고왔던 옛 시절 떠올리면
뜨거운 눈물 절로 흐르고
어머니의 손짓이 그리워지는 날

# 어머니의 꽃

길섶 망초꽃
산들바람에 춤추는 꽃의 향기
영혼을 흔드는 당신
언제나 가고 싶은
고향 들녘의 개망초 향기 젖게 하는
순한 그대 망초꽃 사랑해서 꽃을 닮은 그대
다소곳하고
가녀린 개망초 모습의
달맞이꽃 닮은 그대는 하얗게 핀 망초꽃
고향 들길 걸으면 향기로 스며드는 당신
산길에 붉은 산딸기처럼 만지면
손끝에서 터져 부풀려진 눈물
그대 언제나 짙고
향긋한 망초꽃 향기
날리며 사랑을 피우는 개망초 들녘이어라

# 풀기가신 청사초롱

강가의 억새 고운 색시들
다운다운 억새풀 도령님 곁에
눈부신 은빛 별 달아 쓰고
청사초롱 빛 부끄러워 남실거린다
밝은 달님이 엮어 내린
주례사 빚은 무리지어
청사초롱 탄성의 메아리로 하늘 오른다
억새풀 부딪히는 소리, 가랑비 소리
비 맞은
여인처럼 함초롬하고
하늘 향한 억새들
물기가 스며들면 흐트러진
청사초롱의 사원 모양새에
어머니 시집오던 날 그림자 비춰주고
풀기가신 청사초롱 처연함에
어머니 모습은 안으로만 잦아든다

# 화엄사 숲길

화엄사
굽이진 길을
대나무 숲이 호위하고
하늘 감춘 숲 사이로
계곡 물소리만 들리는 곳에
돌계단 밟아 오른 나는
세상을 잊었나 보다

속세에 찌든 몸이
땀만큼 흘린 눈물 탓으로
십 리 반 토막길에
세상사를 떨구고
부질없이 섞어 지낸 날을
홀홀 날려 보내나 보다

화엄사 다다른 곳에
하늘빛 가득 채운 구름 사이
세상일 비우라는 듯이
문수보살의 눈빛 가득하더니
내려서 돌아오는 길
가슴 들먹인 번뇌 사라지고 없다

# 이별 後 다시 오는 사랑

사랑하다 상처받은 이
아픔의 통증으로
쓰라림을 맛보다
저만치 다가오는
마법 같은 묘약을
마주하면

깨지고 찢어진
고통으로 헤매었던 상처 난 심장에
묘약 같은 신비로움으로
서서히 아물게 되고

언제 그랬냐는 듯
피어오르는 붉은 태양처럼
뜨거운 열정으로
다가오는 사랑 앞에서
또다시 물들이는 사랑

# 홀로 품은 빈 가슴

떠나는 등 뒤에 손을 내밀지 않으며
내어주는 품에 다가서지 않음이
어색하지 않았던 시간

홀로 품은 빈 가슴
이제 가득 채우려 한다

해를 품고
달을 품고
별을 품어보리라

때로는
바람도 구름도
그리고
나를 비우게 했던 하늘마저도

# 갈대 1

처연히 서 있다

이름 모를 가을을 머리에 이고
하늘하늘 꽃대 가녀린
연빛 잔잔히 머물다
설핏
애잔한 슬픔 속으로 감추듯 하여
나더러 어이하라고
여기 계절을 마다하고 섰는가

혹 시절이 허수상하여
한판 걸지게 춤이라도 추지 않고는
견딜 수 없어
이 계절을 앞서거니 뒤서거니 하는가
아무려나 꽃향 뿜은들 무어 그리 대수냐고

길 잃고 철새 되어
가는 길 뒤돌아볼 틈 없이
그만 주저앉아 버렸는가
길 잃고 헤매는 그대 그러나 내게는
행복이 뚝뚝 꽃물지어 흐느끼며
이윽고 가는 길 묻는다
나 역시 길 잃고 헤매는 나그네인 것을

# 나목

인생은 꽃잎처럼
피고 지는 인생이지만
우리는 웃으며 살아야 한다

세월은 청춘의 강이 되어
사랑을 타고 흘러 도는 것처럼
고운사랑 꽃잎처럼 물들이고 싶다

아픔을 남긴 인생을 돌아보고
여울지는 노을에 가슴을 움켜쥔들
무엇하나 바꿀 수 있는 것이 없구나

내 영혼의 상처는 아픔이 되고
나목이 되어 버린 낙엽처럼
짝 잃은 기러기의 외로움처럼
어설픈 저녁노을처럼 곱게 물들인다

여울 따라 올라오는
애상 속에 그대의 모습은 꽃잎 같이
곱지만 비우지 못한 긴 목마름 한켠에 춤춘다

# 석양

기억에서
멀어진 날들이 희미하게
더듬어 내가 삶을 살아가는 세상에
조금만 흔적이라도 남기게 될 무엇이 있는가

지난날 먼지만 가득 낀
세월의 창을 닦아 들여다보니
해맑은 창살에 눈부신 석양이 보인다

동창이 밝아오는
아침과 정오의 한나절은
구름 속에 머물다가 눈부신

석양이 구름을
밀어버린 하늘에 내 그림자
저 멀리 명학산 뛰어넘어 끝없이 밝게 비추고 있다

# 2부

# 나는 너에게

너의 미소는 가슴 뛰게 하는 아픔이며
따끔거리다 피어나는 열꽃이 되기도 하고
반달 그림자 밟으며
나란히 걷던 길에 우리의 순수는 남아
별빛 하나에도
잔기침이 일고 명치끝이 아리다

# 삶이란

삶 속에
살아간다는 건
때로는 버릴 것도 많아
비웠더니
가끔은 아쉽기도 하더라
미련이란
어쩌면 살아가는 몸부림
삶을 달리다
넘어져 일어서고
텅 빈 까만 공간 속에서
나를 찾아 헤매는 것
그래서
우리는 날마다
울다 웃고 화내면서
삶이란
그렇게 기도하는 하늘이라 한다

# 귀로

날은 저물어 가는데
아직은 남은 정이 어둑한
길거리를 돌고
미련마저 발을 딛고 선
자리에서 떠날 줄 모르고
가물가물한 애틋함이
어디에도 없는
온기를 쓰다듬듯이
머물고 싶은 끈적한 연이
돌아가는 길목을
매듭으로 묶어 갑니다
처절한 발걸음 위에
어스레한 저녁이 몰려오면
괴롭게 엮인 삶의 세월에
엉킨 미련은 어이
귀로의 발길만 고되어집니다

# 저녁노을

아름다운 경관으로
두 뺨을 빠알갛게 물들이고
말없이 내려앉은 고요한 저녁노을
노을에 비친 네 모습
찰나의 순간 내 가슴을 파고들어
이슬처럼 담담한 척하여도
동공 저 깊은 곳은 몸서리를 치고 있다
붉게 물든 네 모습 어둠 속에 사라져도
날이 맑든 흐리든 나는 여기에 머물러 있고
달빛은 차갑게 웃는 듯
감각은 꿈처럼 일었다가 바람처럼 흐르고 있다

# 살다 보면

살다 보면 진흙탕에 빠지기도 하고
구비구비 고갯길 숨차게
넘어가다
쉬어가다
개똥도 밟아보고
늪에 빠져 헤어나지 못해
천지사방 어두운
길에서 방황하다
사는 게 그런 거지 하며
아무렇지 않은 듯 체념하지만
날
울리는 것들은 세월이 가도 변하지 않고 있다
타들어 가는 오장육부 꺼내어
빨랫줄에 하나, 둘씩 널어놓고
하늘 보며 헛웃음 지어야 하려나
즐거움보다 슬픔이 많은 날
어디론가 숨어버리고 싶다

# 인연

살아온 내내
숱한 사람을 만나고 헤어졌다
우인도 있고
정인도 있었다

어쩌다 생긴 충돌
작은 오해로 계산된
실리로 배신의 상처
인연의 사슬이 녹슬어 멀어져 갔다

그들은 그렇게
타인이 되었다
그러나 하늘이 갈라놓은 이별은
붙잡지 못하고 눈물만 흘려야 했다

마음을 주고 잊지 못함의
고통을 하늘은 외면해 버린 것이다
이제 기다림의 시간이 내게 찾아들고 있다
지금껏 사람을 기다려온 긴 시간의 애닳음이
위로 받을 시간으로 다가선 것이다

아껴두고 감추어둔 사랑을
아낌없이 쏟아야 할 시간이 봄볕처럼 다사롭다
준비된 사랑이 빛날 수 있기를
베풀수록 풍요로운 사랑으로 마름 없기를

# 제자리걸음

취하려 해도
어김없이 찾아오는
제자리
그 자리에서 뛰어버리고 싶었다
한참을 뛰고
부서진 눈동자로 뒤돌아보니
나는 여전히
거기에 그렇게 서 있었다
전혀 뛰지 않은 것처럼
멀거니 서서
밤공기에 젖어 있었다

# 혼자이고 싶다

가끔은 아무런 생각 없이 사는
바보이고 싶다
네온불빛 휘청거리는 거리를 나뒹구는
가랑잎이고 싶다
바보처럼
어디로 와서 어디로 가는지 알 수 없는
바람보다 가벼운 텅 빈 가슴으로
가끔은 혼자이고 싶다

# 그런 날 있잖아요

있잖아요
아무런
이유 없이
외롭다
느껴지는
그런 날
나도 모르게
눈물이
흐르는데
왜?
왜냐고
다그치면
더욱 슬퍼지는
그런 날
있잖아요
그냥
아무 말 없이
눈물 흘릴 때
묻지 말고
마음으로
함께해 줄 수 있는

그런 날
그런 날 있잖아요

# 인생의 여명

하루를
시작하는 인생의 여명
새벽을 열면 향기 가득한
나래를 활짝 펴고 달콤한 향연을
매다는 행복한 운명의 씨앗을 심는다
기름진
삶을 향하여
무지갯빛 다리를 놓아
저마다 소질의 둥근 원을 그리며
환상의
터전을 일구어가는
따뜻한 희망의 굴레에
행복과 사랑의 빛을 담아
자연에
잘 여물어진
작황을 끌어안으며
밝은 미래를 어는 언덕에
생의 아름다운 빛이 내리는 즐거운 삶의 여정

# 아물지 않은 상처마저

등져버린 하늘에게
무너지고 찢겨진 흔적은
어느 곳에 있을런가
채 아물지도 않은 상처 위에
더 큰 상처를 안고
작은 불빛조차 드리워지지 않는
어둠의 터널에서 그리움의
흔적은 희미해져만 가고
삶의 의미를 잃어버린 그림자들뿐
무심한 먹구름 사이
아물지 않은 상처마저
등져버린 하늘에게
내던져 보는 쓰라린 가슴

# 아득함 위에 선 당신

뒤돌아보니 어디서부터
시작인지 모를 최초의 기억
그 지평선 위에 선 아름다운 석양이
아득하기만 하고
저 먼 공간과 내가 돌아보는 시간의
그 길 위에 서 있는 내게
그랬을 거라고 되뇌이고
또 되뇌었다
먼 공간과 시간 속에 닿을 것만 같은
그 아득함 위에 선 당신도 편치만은
않았을 거라고…

# 젊은 시절

도시를 벗어나
수숫단 쌓인 밭고랑에서
천 년의 사랑을 맹세하고
도시를 떠난 그와
백 년을 채워 만나면
눈 쌓인 겨울이 그의 머리에 쌓이고

도시가 변할수록
스스로가 낯설어지는 건
어디쯤에 멈춰버린 젊음 때문
경로석 등받이에 몸을 싣기엔
들판을 달리는 힘이 있다
산은 여전히 눈 아래로 나를 보고…

# 간이역

책 한 권 들고
코스모스 살랑이는
한적한 간이역 화단에 핀 해바라기
나를 반겨 웃고 있다

나그네처럼
목적지 없이 나 홀로
떠나온 여행길이니 발걸음 바쁘게
할 것 없이 여유롭게

철로 위로
내리쬐는 가을햇살 받으며
걷다 보니 어느새 가을이 왔나 보다

나를 간이역에
내려놓고 떠나는 열차 뒷모습
바라보니 뭉게구름과 어우러져
한 폭의 풍경화로 그려진다

코스모스 핀
간이역이 참으로 아름답다
쉼표 사이에서 만남이라 그런지
맑은 하늘과 함께 선명하다

가을날은 누구나 가을 이야기한다

# 세월

열두 달 더디 갔으면
목련꽃이 스무날은 피었을 테고
호박꽃 찾아들던 벌 나비
여름 내내 앵앵거렸을 텐데
밤송이 찾는 가을 산
다람쥐 함께 알밤 취하고
곱게 익은 산 감
입에 넣으니
단맛에 성급한 계절이 까맣게 잊혀졌다

세상이 까닭 없이 시끄러워도
세월은 유유하고
머물렀던 사람 떠났어도 수백만 년
하늘빛은 줄곧 푸르다

세상이 펼쳐준 작은 마당에서
말 많고, 한 많고, 사연 많은
춤사위 있었으련만
눈 덮인 겨울자락 아궁이 불 속에
감자 꺼내주던 할매는
산골 풀밭더미로 모습을 감췄다

어느 날
백발 흐트러진 노인도 잠들어
한 백 년 더디 살았다 한들
꽃은 피었다 지고
왜가리 물가를 지키며
매미는 여름 내내 울고 있을 것이다

# 들국화

새벽녘 풀벌레 소리에 잠이 깼다
이미 깨어버린 잠은 멀리 달아나고
뒤척이는 머릿속 아득히
또르르 말려드는 그리움들이
봉선화 꽃물들인 손톱 위에 맴돌아
보랏빛 편지지 위에
아직은 여름빛 푸르게 편지를 쓰며

지나 버린 것들에 대한 비명 같은
아니, 그렇게 목맸던 사랑을
푸르게 흔들리다 언젠가 맥을 놓는
한 잎 나뭇잎에 조용히 묻으며
밤별 가득 담은 가슴으로
오늘도 너에게 편지를 쓴다

너의 미소는 가슴 뛰게 하는 아픔이며
따끔거리다 피어나는 열꽃이 되기도 하고
반달 그림자 밟으며
나란히 걷던 길에 우리의 순수는 남아
별빛 하나에도
잔기침이 일고 명치끝이 아리다

여기 서서
너에게 보내는 편지 속
새벽 햇살에 반짝이는 이슬을 모아
떨리는 손으로 동봉하며
들국화 가득하던 길에 기다림 놓아도 본다

# 억새숲

임진강
억새숲의 바람이 차다
놀란 장끼가 하늘로 솟고
세월은 무슨 심사로
그 많은 시간을 앗아갔을까?

희어진 머릿발
가득한 주름발로
짐승의 털옷을 걸친 모양새로
강변의 여인은 옛일을 지나지 못했다

세월은 또다시 조각나 있었고
살아있는 모습을 지니기만 한다면
채송화 꽃밭을
맨드라미 꽃송이를
함께 그리워할 시간은
억새숲 사이에 남아 있을 것이다

# 나는 너에게

나는 너에게
한줄기 비이기보다
소용돌이치는
강물이고 싶다

# 바람 같은 사랑

쉼 없이 흐르는 시간 속에
언제나 짧은 머무름
바람에 휘날리는 위대한
새의 날갯짓도

마음에 품은 꿈처럼 높아만 가고
목화솜 같은 첫눈이
기적처럼 쏟아졌던 그 봄도
뜨겁디 뜨거운 뙤약볕에

오기를 부리듯
피어있는 여름꽃도
어쩌면 지상에서 짧게 머무르다

쓰러져가는 것들이기에
그렇게 순간순간
기억 속에서 눈부셨는지도 모른다

# 3부

## 어느 봄날의 수채화

창밖으로
겨울눈이 내리고
봄비도 내렸다
차디찬 가슴으로
봄바람이 불고
날개 젖은 작은 새

# 별에게


슬픈 눈으로 더 이상
너를 부르지 않으리
그리움이 남았거든
사랑할 시간이 남아있으니

별이 사루어지면
쉼 속에 잠든 까닭으로
네가 잠들기 전
별빛 사루어지듯
너를 사랑했기로

밤이 외로울 때
세월이 꿈을 앗아가듯
잠들지 못한 밤이면
가슴속 어디엔가

다하지 못한 정으로
그를 깨우지 않으리
별빛 가득한 곳
기다려 줄 꿈이 남아있고
쉼 없이 사랑했노라

어느 날
기억이 나를 버리고
나를 내려놓고 잠들면
아직도 사랑은
그리워할 시간을 남겨 두리라

# 사랑은 가까이 있습니다

멀리
더 멀리
아주 먼 곳에
사랑할 것이 있다면
가까이
좀 더 가까이
아주 가깝게
사랑할 것은 많습니다
보이지 않고
들려오는 것이 없어도
사랑할 무엇이 있다면
외롭고
지친 영혼의 눈물을
훔쳐 주지 아니해도
위선의 바벨탑에
유배되어 있는 자
눈물로 흘려보낸 방주는
멀고도 먼 곳의 신화이고
고통과 고뇌의 신음은
너무 가까운 이웃의 외마디
가까운 곳에

먼 곳의 사랑이 있고
아주 먼 곳의 사랑은
아주 가까운 곳에서 피어납니다
눈먼 자의 지문으로
따뜻한 세상을 읽고
귀 먼 자의 청각으로
입술이 그려내는 사랑을 들으며
가까이
좀 더 가까이
아주 가까이 사랑으로 부활하는 생명

# 사랑을 다시 한번

왜
그곳에만
머물러 있었니
어둠 속에서
벽을 바라보고 앉은 채
시간을 넘나든 기억뿐
잃어버린 너를
어디에서 다시 찾으랴

창밖으로
겨울눈이 내리고
봄비도 내렸다
차디찬 가슴으로
봄바람이 불고
날개 젖은 작은 새

# 벗에게

눈이라도 반가울
마른 바람 불어오는
시 한 절 하늘 아래
이틀 밤, 한 사흘
안개비
이슬비
보슬비
가만가만 소곤소곤

# 이슬에 찬 그리움

내 눈물에 취해
너의 모습 보이고
이 한 밤 깨고 나니
너의 모습 사라져
그리움의 술잔은
비어 있는데
이슬 되어
잔을 채워주려
애써 달려온 너

# 그놈의 情

그냥
세월이 흘렀습니다
살다 보니 훌쩍 건너뛰어 왔네요
달음질 선수도 아닌데
왜 그렇게 뜀박질하며 살았는지
세상이 변하고
모든 것이 변했는데
나라고 변치 않을까
많이 변해 버렸네요
변치 않은 건 단 하나
무던히도 질긴 사랑
어쩌겠습니까
그립고 아쉬운 情 때문에
이름 석 자 불러볼 뿐
징그러운 것이 情이라더니
그놈의 情이 무엇인지
변한 게 하나도 없네요

# 그리움이 미운 날

하늘에 먹구름 꼈다 한들
내 마음의 먹구름이야 하겠냐마는
나의 마음보다
다 넓은 하늘 보며
마음껏 울어보자
그립다 되뇌어 말해본들
이 마음 전해 들을 사람 없고
먼발치에
남겨둔 내 체취로나마
나를 그리워할까
떠난 내 님이 그리운 밤
그리움이 더욱 미워지는 날

# 기다림

사랑의 설렘으로
서둘러 나선 길
가슴만큼이나 뛰는 발걸음

붙들어도 가지 말라고
애걸해 봐도 소용없던
시간
오늘은 왜 이리 서둘러 가려는지

보고 싶은 그에 모습이 채
보이기도 전
나의 심장은 산을 돌아 평지에
도착해 쉼호흡을 하고 있다
사랑아

재촉하는 발걸음에
뛰는 가슴 부여안고
날 사랑해 줄 사랑아

조금 더디 오셔도 좋으니
조심히 오시구려

# 13월의 산책

언 땅에서도 늘 상 푸른 솔잎들아
내가 언제 양식이라도 될 만한 거름을
거두어 본 적 있었던가
수액을 모두 빼앗긴 채 말라 죽은
일년생 들풀 같은 몸이라도
지탱해 본 적 있었던가
언제부터 이 산길을 걸었는지도 모르는 석양녘
낮과 밤의 틈새에 끼인 심장은
아직 뜨겁다

돌부리에 걸려 흐르는 핏물을 보다 보면,
언제나 푸른 솔잎과 쓸쓸한 오두막 하나와
자욱한 안개의 공포
숲속을 배회하는 바람은 비명을 지르고
돌부리에 휘감긴 풀잎은
참을 수 없는 통증으로 발바닥을 찌른다
차마 먼 길 가지 못할 것이나
슬프지 않다

슬프지 않음이나
아프지 않음이 아니다

새 한 마리 풀잎에 걸린 씨앗을 물고 하늘을 난다
잘 익었으니 꽃 피울 것이다
오래오래 피어 있을 것이다
13월의 아침에는

# 비 오는 날의 단상

바람 불고
비 내리고
천둥 번개까지
시끄럽다

소나기에 흠뻑
젖어본 사람은 알지
물먹은 옷이
얼마나 거추장스러운지
질퍽거리는 신발이
얼마나 짜증스러운지

바람 잦아들고
비 멎고 나면
세상 푸르고
물오른 나뭇가지 더욱
싱그러워지지

세상에 젖지 않는 길은 없어
촉촉한 하늘에
무지개 서듯
비 개인 뒤에 오는
달콤한 성숙
맛보고 싶은 거야

# 이 가을날

그래, 대잎이 늘상 푸른 건 아니야
가을비 소슬히 바람에 날리면
청청 대잎도 시들고 말아
그때에 내 보잘것없는 사랑쯤이야
쓸쓸해진다 해도 어쩔 수 없지
이 숭고한 가을날

가진 것 모두 버리고
알몸으로 빈들에 누워
시린 들판 다복다복 씻어 내리고
마음이 번다하면
슬픔도 제곱이 된다는데
내가 아파한 것은 무엇이며
내가 얻은 것은 무엇인가
이 소슬한 가을날

간밤 무서리에 하얗게 시든 꽃잎
제 설움에 겨워
울며 가는 밤
곁에 있을 때 사랑하라
모두들 말하지만

그런 기회는 늘상 놓치고 말아
명치끝에 눈물 고이지
이 청명한 가을날

바람이 수은주를 잠시
내렸을 뿐인데
발밑엔 낙엽만 수북하고
다시는 오지 못할
어둡고 차가운 길을
무얼 그렇게 서둘러 떠나려는지
지금에야 뜬금없이 물어보는데

낙엽 떠나시네
말없이 가네
바람 훨훨 날아간 거기

# 촛불

두 눈 감고 보면
가까이 서 있는 이
오늘도 내 맘속에
불꽃으로 피어올라

꽃말을
다 듣기도 전
그대로 사라지고

어둠 걷힌 그 자리
흔적만 남아 있는
뒷모습 바라보다
이름을 불러본다

못 잊게
그리운 날에
피었다 지는 이여

# 어느 봄날의 수채화

소나무 鐵甲을 뚫고
움망울 벗겨지듯 어둠을 一蘇하고
돋는 봄햇살이 좋아
차고도 넘치는 모든 것 훨훨 털고
한 점의 봄바람이어라

하늘은 맑게 닦은
거울처럼 靑明하고 봄바람도
꿈결에 임 맞듯 부드럽게 흐르고
넘쳐나는 生命들 꿈틀대니
낮게 흐르는 아름다운 線慄이고

두 눈 지그시 감아도
선하게 보이는 연초록 싱그러움
귀를 막아도 들리는 옹알이 같은 작은 물소리
내 작은 가슴에 품으니 한 폭의 水彩花로다

# 접시꽃

접시꽃 꽃망울
깨우는 것은 새벽닭 울음이 아니었고
화단에 풀벌레도 아니었다

강가 어딘가에
숨소리 멈춘 억새의 소리 없는 외침
강물이 흐르는 숨소리

그대의 발자국 소리가
고이 잠든 나를 깨웠고
내가 잠 이루지 못하던 밤
그대 노래 자장가 되어
접시꽃 나를 잠들게 했다

접시꽃 꽃망울에
나비와 벌 기다리지 않아도
벌 나비는 아직도 꽃향에 취해 날아들고

밤새 내린 소나기에
붉게 멍이 든 장미
부끄러운 듯 몸을 감춘다
잡초만 무성한 주인 없는 폐가 마당에
밤마다 무성하게 피어나던 접시꽃 당신

# 그것은 바로 인생이었다

하루하루를 목마름으로
사막을 헤매고
기력을 다해 찾아간 오아시스
그것은 인생이었다

하늘을 응시하며 책상에 앉아
침묵으로
노래 부르고 눈을 감고
운동장을 뛰어다닌다

해가 뜨고 해가 지고
어느덧 내 남루한 옷자락이
봄바람에 날리운다, 한바탕 커다란

봄바람이 아래에서 위까지
흩어버린 처참한 나목 한그루

쌀쌀한 꽃샘추위에 입술을 담그고
참을 수 없는 목마름
달래야 하는
그것은 바로 인생이었다

# 친구

바람 한 점 없어
나무 떼 흔들리지 않고
고요한 가지만 나풀댄다

나뭇가지 언저리
붉은 눈초리로 슬며시
속삭이며 찾아와 일깨워 주면

별일 없이 살아가는 뭇사람들 속에
나 홀로 흔들리는 것은
친구의 우정이 날아와 앉았기 때문이다

나뭇가지에 둥지를
틀어 더 이상 흔들리지 않게
나만 홀로 끝없이 흔들리는 것은
친구의 우정이 날아와 앉았기 때문이다

# 가는 세월

서산으로 지는 해
긴 꼬리에 드리워진 붉은 노을
참으로 아름답지 아니한가

때로는
허무함을 품은 눈동자
하늘에 둥둥 떠다니고
무거워진 나의 몸
점점 땅으로 가라앉으면
바로 그곳이 명당자리가 된다

긴긴 세월
살아온 궤적을 보며 환하게 웃던 날
검은 장막으로 숨고 싶은 날도
하나하나 모두가 아름다운 발자취인데

세월이 흐르면

모든 것이 녹슬고

삐그덕거리기

마련인 것을 그래도

노을진 하늘이 아름답듯

세월 가는 것 서럽다 하지 말자

# 억새

여름날
푸른 모습 다 지나고
터럭마냥 가벼운 모습이 되어
선선한 한줄기 갈바람에 타고 떠나도 좋다

질긴 목숨
질긴 기다림 참으로 오래 견뎠구나

한 올 한 올
지난날 흔한 사연 모두
다 털어버리고 눈물 한번 흘리지 못해
가슴 채우던 젖은 마음마저 모두 버리고
말라버린 삭정이로 부서진다 해도

설령 당신 눈에
쓰라린 아픔이라 하여도
당신 귀에 울음소리 흘러도
텅 빈 채 공명하는 웃음을

당신은 모를 거야
내가 아닌 당신이 우는 것도

# 4부

하얀 들국화

소풍 놀이에선
아프지도 말고
외로워도 말고
슬퍼하지 말게나
친구가 그리워질 때면
하늘 한번 바라보겠네

# 친구에게

미안하이
시간이 없다하고
가야만 한다는데
해줄 수 있는 것이
하도 없어서
내려놓고 벗어 놓고
멈추어 서보게
마알간 하늘 아래
신록의 계절이
꽃보다 곱네
비 내리는 어느 날엔
낙원 상가 뒷골목
오래된 식당에서
노릿한 동태전
김치에 말아
시원한 탁배기에
웃어나 보게
사랑하기에도
부족한 날들이
지나쳐 가지 않는가
세월 지나 누구라도

자네의 가득한 사랑을
기억하도록
내려놓고 벗어 놓게
장마가 오려나
붉게도 붉게도
능소화 피네
미안하이 해줄 게
하도 없어서

# 친구야 잘 가시게*

맨손으로 떠나온
세상 소풍놀이에
웃고 울고 떠들며
즐겁고 괴로웠던 순간순간들을
어찌 다 잊으리오 마는
다시 떠나는 저 세상의
소풍 놀이에선
아프지도 말고
외로워도 말고
슬퍼하지 말게나
친구가 그리워질 때면
하늘 한번 바라보겠네
그곳에서 편히 쉬고 있을
자네가 있으니
잘 지내고 계시게나
우리도 머지않아
자네 곁으로 떠날 테니
가끔씩 구름 타고
놀러 와서 그곳 소식 좀 전해주시게


*고인이 된 친구 종인이의 명복을 빌며…

94

# 친구

바람 한 점 없어
나무 떼 흔들리지 않고
고요한 가지만 나풀댄다
나뭇가지 언저리
붉은 눈초리로 슬며시
속삭이며 찾아와 일깨워주면
별일 없이 살아가는 뭇사람들 속에
나 홀로 흔들리는 것은
친구의 우정이 날아와 앉아있기 때문이다
나뭇가지에 둥지를 틀어
더 이상 흔들리지 않게
나만 홀로 끝없이 흔들리는 것은
친구의 우정이 둥지를 만드는 까닭인가 보다

# 네 그림자

늘 그래왔듯 외로움의 그림자로 둘러싼 시간의 어둠은
칠흑 같아 길게만 느껴지고
끝이 없어 보이는 슬픔의 멍울은 이 밤을 헤매고 있다
사랑의 목마름에 짙은 갈증도 아니련만
언제나 따라다니는 눈물샘조차 마르지 않고
가슴으로 울어대는 아픔마저 그 무엇으로도
치유할 수 없나 보다
사람은 사랑을 하며 행복해지는 걸까
그 누군가의 그림자는 점점 희미해지려 하고
차츰 사라지는 그의 발자국마저
사랑이라 느끼며 심장 깊숙이 새겨 넣은
미련하고 나약해진 나는
오늘 밤
떠 있는 달님에게 마르지 않는 눈물 떨어뜨리며
소원 하나 빌어본다
내 심장에 그대가 다시 돌아오기를

# 그리움*

좀 나아지면 술 한 잔
기울이자는 약속과 함께
돌아선 내 모습을
물끄러미 바라보던 눈빛에
가득 담긴 아쉬움
사무친 그 눈빛이
사그라지기도 전에
다시 만나자는 약속은 끝내
지킬 수 없는 거짓이 되고
홀로 떠나야만 하는
그 애절한 마음에
떠나간 이를 그리며
그리움 가슴 깊이 추억이라는
꼬리표 하나 남기고 발길을 옮겼다


*52세의 나이로 하늘정원 표를 끊어 떠나버린 성수오빠.
 어느새 12년이 지나버렸다.

# 북두칠성

일곱 개의 불빛 따라 걸어가게 하소서
비틀거리지 않고
흔들리지 않고
일곱 개의 불빛 따라 걸어가게 하소서
내 인생의 소중한 것을 빼앗기면
빼앗긴 텅 빈 자리를 채울 수 있게 해주는
일곱 개의 점을 돌고 돌다 보면
길고도 넓은 환희의 빛이 펼쳐져 있을 것입니다

# 가을 사랑

계절이 깊어 가는데
한 잔 술이 향기로운 건
빈 잔에 차오른
이야기들 때문이겠지요
바람에 잎 지고
다시 또 애타는 건
아스라이 희미해진
기억들 때문일지도 모릅니다
주룩주룩 밤비 내리는
거리에 멈춰 서선
떨어지는 빗방울에
두 뺨을 내어주고
눈물인지 빗물인지 모를
낙수들
누가 있어
행복을 아느냐 물으면
바람 불어 잎 지고
가을비 내리는 밤
향기로운 포도주로
너와 함께
익어가는 것이라
나 대답하리라

# 하얀 들국화

옹달샘 안으로
달 드리우면
표주박으로 떠올려
달빛 먹고 피는 꽃
풀빛 자욱한 언덕
첫 몽우리는
여자아이 풀잎 미소
이슬 맺혀
물안개 닮은 꽃
차가운 들녘 감싸다
다비식 끝나 바람 되어도
달 드리운 샘물
달빛 품고
다시 피어난다

# 낙화 1

아쉬움이 지더라
곰살맞은 바람에
휘날려 가더라
날개옷 고운 차림
기억의 화석으로
덮여가더라
그리움으로
쌓여가더라

# 낙화 2

꽃이 지는 것을
아느냐 물으면
눈멀어
볼 수 없다
무지하여
알 수 없다 하리라
심연에서 피어난
너만이 내게 꽃이라
시침, 초침 멈추고
호흡이 다 하는 날
내가 먼저 지노라
너는 영원히 지지 않는
봄이라 하리라

# 갈대 2

그렇듯이 가을은 갈 것이다
갈대밭에 눈이 쌓이고 계절 찬바람에
부대끼고 나면 하얀 얼굴들이
진창에 처박혀 어느 날 새싹이 돋을 때
까맣게 잊혀졌을 것이다

억년 넘은 세월을
갈대는 그렇게 나고 죽고
죽고 또 태어나고
인간에게 남긴 귀한 말 한마디
바람이 불어도 갈대는 흔들릴 뿐
쓰러지지 않는다

# 갈바람

갈바람이
숲을 흔들면 숲이 울고
갈바람 흔들림에
나무들의 신음소리
숲은 통곡하고 있었다
바람이
쓰다듬고 어루만지고
가슴속 품은 뜨거움만으로
숲을 키워온 게 산이었으리라
바람아 이젠 멈춰다오
산이 등얼미로 막아
골마다 나뭇가지 부러지고
숲속이 온몸으로
신음 속에 잠기면
산의 눈물이
계곡을 넘치는구나
바람과 함께 산다는 것이
고통을 쓸어 담는 것이어서
나무들이 견뎌온 사연을
숲이 흔들리며
몸부림친 고통으로

숲마저 거친 세상
힘들어지면
산의 절규가 바다를 울린다

# 억새 2

하얀 꽃대가 바람에 흔들리는
경안천 벌판에 억새꽃이
가득 피어 있다
끝없는 군무의 흔들림 소리가
귓가를 때린다

도열해 있는 수많은 병정처럼
일목요연하게 그들의 행위가
한눈에 들어온다
참아내지 못하고 토해놓는
그들의 아픔만큼이나 억새숲은 상처가 많다

서로의 위로로 저물어가는 삶을
의지하지만 해 질 녘의 고뇌 어린 모습 앞에
인고의 세월도 덧없을 뿐일 것이다

# 임진강 석포천의 노을

임진강 선 갈대에
풀잎으로 얼기설기
둥지 뜬 물새 잔잔한 미소로
석포천 물결은
노을에 진영을 그리며
물소리 지척지척 숨을 고른다
어둠이 회항하는
해 질 녘이면 도라산역
석포천 나무들 사이
불빛과 거리가 사라질 무렵
느릿느릿
뭉게구름처럼 붉은빛
구름이 창공에서 풀무질하고
임진강의 시작이
하늘과 맞닿을 즈음 붉은 태양은
외마디 남긴 채 떨어져간다

# 가을

바람 같은 사랑
쉼 없이 흐르는 시간 속에
언제나 짧은 머무름
바람에 휘날리는 위대한
새의 날갯짓도
마음에 품은 꿈처럼 높아만 가고
목화솜 같은 첫눈이
기적처럼 쏟아졌던 그 봄도
뜨겁디뜨거운 뙤약볕에
오기를 부리듯
피어있는 여름꽃도
어쩌면 지상에서 짧게 머무르다
쓰러져가는 것들이기에
그렇게 순간순간
기억 속에서 눈부셨는지도 모른다

# 강물

다시는 돌아올 수 없는
찰나의 순간 스쳐가 버리고
아직도 할 말이 남았는지
맴돌며 흐르지 못하는
몇 개의 물방울이
방그르르 물 메아리처럼 돌고 있다
돌아갈 수 없는
기억의 파편들만
급류를 타고 떠내려가다
돌부리에 넘어져 무너지고
한 꺼풀씩 벗겨지는
그리움의 갈증만 바람을 타고
하늘을 향해 올라간다
밤하늘의 별빛이
손을 내밀며
강물은 앞서거니 뒤서거니 그렇게 흘러간다

# 눈 내리는 밤

흰 눈처럼
그리움은
소복이 쌓여만 가고

시린 설풍
한없는 맑음이
수정처럼 투명해

처마 끝 눈물 되어
떨어지는 그리움

# 무명

바람결에 흐르는 저 구름
보이지 않는 눈물
내 마음속에 새가 되었네

이젠 돌아설 수 없는
벼랑 끝 꽃잎
당신 모습으로 피어 있고
난 꿈속에 있네

머물지 않는 시간 속
뒤집어쓴 상념
털어도 남아 있고
세상 속 아픔

당신과 이별 사랑이란
단어 내 가슴에
있다면 서녘 노을에
오래 피워 두고 싶네

# 떠나는 바람

강혜지 지음

발행처   도서출판 청어
발행인   이영철
영업     이동호
홍보     천성래
기획     남기환
편집     이설빈
디자인   이수빈 | 김영은
제작이사 공병한
인쇄     두리터

등록     1999년 5월 3일
       (제321-3210000251001999000063호)

1판 1쇄 발행   2024년 3월 1일

주소     서울특별시 서초구 남부순환로 364길 8-15 동일빌딩 2층
대표전화  02-586-0477
팩시밀리  0303-0942-0478
홈페이지  www.chungeobook.com
E-mail   ppi20@hanmail.net

ISBN    979-11-6855-230-2(03810)